KB264778

새로 여는 아침

이 도서의 국립중앙도서관 출판예정도서목록(CIP)은 서지정보유
통지원시스템 홈페이지(http://seoji.nl.go.kr)와 국가자료종합목
록 구축시스템(http://kolis-net.nl.go.kr)에서 이용하실 수 있습니
다. (CIP제어번호 : CIP2019032523)

새로 여는 아침

박정규 시집

시와정신시인선 27

시와정신사

시인의 말

시가 뭔지도 모르면서
나는 시를 쓴다
멋있게 쓰는 법도 모르고
잘 쓰는 법은 더욱 모르지만
한 구절이 얼핏 떠올라
머릿속을 자꾸 맴돌면
왠지 써야 할 것 같아
마음이 부대낀다.

시를 모르고
멋있게 쓰는 법을 모르고
잘 쓰는 법을 더욱 모른다고
누가 뭐라 할지 모르지만
나도 모르게 시가 쓰고 싶다.
아무도 모르게라도 시를 짓고 싶다.

그래서
오늘 시를 쓴다.

2019.8.13.
박정규

차 례

제1부
아침을 열며

아침을 열며

그럭저럭 살아온 세상
한 고비
매듭 지을 때가 왔다.

떠나기 아쉬워
이제 문을 닫노라 하였더니
바깥 세상이 열렸다.

그냥 보내기 아쉬워
어제를 훌쩍 맺었더니
아침이 다시 활짝 열렸다.

그러다 문득 생각했다.

문은 닫혔다 열리고
시간은 가면 오는 걸

문을 붙들고 실없이 실랑이하고
시간에 이러쿵저러쿵 시비를 했으니

이런 내가 우습다.
나를 보고 웃는다.
둘이 한바탕 크게 웃는다.

엄마와 아들

아들은 자기 방에
해방구를 꿈꾼다.

걸핏하면 문을
쾅 닫고 독립 국가를 선포

좀 치우라고
엄마가 한마디 하면
내가 알아서 한다고 주권선언

모든 것을 내 뜻대로
게다가 무질서의 자유까지

그런데 자기 방이 어딨나?
우리 집인데

우리가 모여

우리가 모여 한 폭의 천체도
자기 별은 줌인
크고도 무겁고
남의 별은
기본이 몇백 광년

별들은
지구보다 태양보다 큰데도
거리가 멀어서 외롭다.

그래서
두 손가락 오므리며
줌 아웃

내 별이 작아지고
남의 별이 내 옆으로 왔다.

책상에 손을 얹고

손 위는 높아야 손등이고
손 아래 낮아야 손바닥이다.

윗사람이라 뻐기고
아랫사람이라 굽히고
세상의 손은 얼마나 두꺼우냐.

내 손을 뒤집어
바닥이 하늘을 향하니

손등이 바닥에 닿아
한없이 겸손해진다.

퇴직을 생각하며

퇴직은 아득히 먼 일만 같더니
눈앞에 그날이 다가섰다.

아직도 독립은 먼 듯한 아이들
누구처럼 한 살림 차려줄 능력은커녕
사느라 빚진 것들 채 못 가려 답답하니
그나마 자식들 기대어
손 안 벌리는 걸 다행이라 할까

남에게 모진 일 않고
살아온 삶은 자랑스럽다만
애쓰고 아끼고 소중히 모으지 못한 것은
이제사 부끄럽다.

퇴직하면 쉴 생각이 앞서고
모든 것이 그만일 것 같더니
오늘
내가 할 수 있는 것이 아직 남은 것 같아

살아갈 삶을 애쓰고 아끼고 소중히 모으며
살고 싶다.

매화 보러 갔더니

문 열자
달이 오고 산이 눕고
바위를 안은 시내가 흐른다.

스무 살 넘은 매화가 웃고
손바닥만한 갈대가 반기고
나이를 잊은 석창포가 인사한다.

한 세기 훌쩍 넘긴 백동 화로
시간을 멈춘 채 벽에 기대인 그림들
오랜만에 들른 낯선 이를 지켜보리라

주인 만난 사연들
깊숙히 새긴 물건들
나날이 새롭게 말을 건네니

그 말 다 듣자면
이 집 주인은 아마도

말 없는 이이리라.

- 월산석천 형의 집을 방문하고

건망증

눈앞의 예쁜 꽃
이름이 뭐였더라
며칠 전에 알았었는데
ㅈ으로 시작하는 뭐였는데
자스민, 이건 아니고
○○○, 이것도 아니고
아하 그 꽃, 우라늄 닮은 제라늄

식탁에 놓인 야채
초장에 찍어먹는 그거
이름이 뭐였더라
무슨 대학 이름과 비슷한데
캠브리지 이건 아니고
○○○○, 이것도 아니고
아하 그거, UC버클리 닮은 브로콜리

알았던 외국 이름들
필요한데 기억나지 않고

기억해 냈던 기억은 있는데
정작 그 이름이 기억나지 않고
속상하다가도 슬몃 웃음이 나온다.

내 머릿속 기억이란 놈
이런 문제라도 푸나.
'관련되는 단어끼리 연결하시오.'
우라늄 닮은 제라늄
버클리 닮은 브로콜리
문제 참 개성 있게도 푼다.

봄맞이

고속 열차를 타고
관광버스를 타고
남쪽 바다를 걸어서
숨은 봄을 만나려 했더니

눈보라 치고
비가 내리고
흐린 하늘에 바람이 불어서

팝콘 같은 매화나무 몇 그루
잎 속에 묻힌 동백꽃 몇 송이
그게 전부였다.

그래도 봄을 아쉬워했더니
몸이 시리고
뼈가 쑤시고
뜨거운 기운이 올라와
내가 봄이 되려나 보다.
찾던 봄이 오려나 보다.

노래하는 새

노래하고 싶으니
새가 노래한단다.

노래가 아름다우니
숲이 아름답고
새가 아름답다.

아름다운 새가
아름다운 숲에서
아름답게 노래한다.

내가 그라면 좋겠다.

유치원 여름방학

애들은 엄마와 함께라서 좋아 죽고
엄마는 애들이 집에 있어 더워 죽고

질투

내가 뭔가 손해 본 듯하고
그래서 네가 밉다.
나도 몰래
입꼬리가 내려가도록
네가 밉더니

거울 같은 네 입을
보고 내 입꼬리를 풀었다.

인사

고마웠어요
어릴 적 밤하늘에 쏟아지던 별
미안했어요
오늘사 보게 된 출근길의 꽃
보고도 모르고
있어도 못 보더니
새벽녘 벌레소리에
눈이 환해지네요.

무제

내가 별 볼 일 없음이 싫고
뭔가 하려다 실패할까 두렵거든
네게 교만함이 없나 돌아보라

뭐든 남이 잘난 것 있어 싫고
누군가 못마땅해서 미워지면
그를 너와 비교함이 옳나 살펴보라.

그러므로 우리에게 허락된 것은 무엇인가
그저 네가 조금이라도 하고 싶은 일이
　　있으면
그 일을 열심히 할 수 있음에 감사할
　　일이다.

어릿광대

알 만한 일이면
끼어들고 싶고
모르는 말이면 딴짓하고

섣부른 아는 척이
남들의 웃음거리
딴짓하다 걸리면
여럿의 눈총 맞고

혼자만 잘나서
세상이 우습다가
커피포트 물 끓는 소리
그 나직하고 무거운 울림이
어릿광대의 가슴을 울린다.

재회

어머니 가셨다.
할머니 떠나셨다.
침대에 붙들려
자유를 잃은 육신을 버리고
영원히 날아오르셨다.
아버지 가신 지
서른 해
삼십 년 젊은 어머니는
영정 속에서
기다리던 재회를 속삭이신다.
꽃신을 신으시고
철쭉과 영산홍으로는
생전에 좋아라던 조각보를 만드시어
온 산에 덮으셨다.
곱게 단장한 어머니는
기다리던 아버지를 만났을까.
십 년을 세 번이나 지내고도
견우 직녀처럼 만나셨을까.

자식들과 그 아이들
또 그 아이들은
살랑거리는 바람에
흔들리며 부딪히는 잎새 소리에
저 곳의 소식이 들려올까 궁금하다.
어머니, 할머니!
우리도 언젠가 재회를 할까요?
이제 가지도 오지도 못할
어느 산기슭 저 편을 보며
아이들아!
어머니 가셨다.
할머니 떠나셨다.

추석 아침

오늘 아침에
헛기침으로 아침을 열던 아버지의 추석과
늦은밤 달그락거리던 어머니의 추석이
그립습니다.

지금의 내 아들보다 어린 우리는
고소한 기름 냄새
짭조름한 간장 냄새
훈김이 훅 끼치는 떡이랑 고기
밤이 기울도록 놀아도 배고픈 줄 모르고

그때는 무척이나 어른스럽던
형이나 누나가 살다가 묻혀 온
먼 곳 이야기에 눈을 빛내고
고만고만한 동생들과 벌이던 장난이란
그저 그런 일인데도
웃음을 그칠 줄 몰랐습니다.

그 밤의 어머니와
그 아침의 아버지를 생각하면
추석을 기다리던 우리의 밤은
무한히 계속될 것 같습니다.

또 어느 추석 아침에
부모님 그리던 우리의 추석처럼
추석을 기다리는 내 아이들의 밤도
코끝에 와 닿는 맛있는 음식과
귓전을 울리는 즐거운 추억으로
끝이 없었으면 좋겠습니다

각오

하루 세 번
기도를 안 하고도
마음으로 신을
세 번이나 생각할 수 있을까?

허술하고 미지근한 기도
형식보다 내용
소중하다 받드는 마음
뜨거운 변덕에
흔적도 없이 녹아버린다.

형식의 그릇이 없으면
홍수처럼 넘치던 간절함도
시간의 흐름에
썰물처럼 빠져버린다.

마음으로 신을
세 번도 넘게 생각할 수 있다고

하루 세 번
기도를 안 해도 좋은가?

기도 1

제법
알 굵은 신자라도 된 양으로
하느님 앞에
다른 이의 행복을 들먹입니다.

그러곤 매일 기도해도
왜 아무 응답이 없냐고
속으로 불만이 대단합니다.

그러다 생각났습니다.
하느님이
이렇게 묻지 않을까요.

네가 지닌 행복을
나눠 줘도 되겠니?

기도 2

온몸을 꿰뚫는 짧은 깨우침
미미한 희생의 작은 열매에

취하여
가물거리는
이 교만의 촛불을

자비를 구하는
기도의 간절함으로
타오르게 하소서.

하느님께 1

꽃동네
최귀동 할아버지가
'얻어먹을 수 있는 힘만 있어도 그것은 주님의 은총입니다.'
했다길래

그이보다 못한 이들
지금보다 더한 고난
이런 것 생각하며
당신의 은총에
감사하는 줄 알았습니다.

이게 앞뒤가 바뀌었다는 걸
요즘에야 알았습니다.

당신의 은총을 느낄 수 있기에
그이는 얻어먹을 수 있는 힘에
감사할 줄 알았습니다.

그러니 다시

그이의 말을 되뇌어 봅니다.

'얻어먹을 수 있는 힘만 있어도 그것은 주님의 은총입니다.'

하느님께 2

새벽 미사에 가서는
저에게
믿음을 달라고 보챘습니다.

고해하러 가서는
스스로
용서할 길을 물었습니다.

저녁 기도를 하면서는
혼자서
깨우칠 줄을 기다렸습니다.

그러다
당신 앞에
버티고 선 저를 보았습니다.

그를 보내고야 저는
당신의 손발이 되었습니다.

교만

제 기도와 피땀으로
당신을 뵐 수 있다면
누가 천국에 못 갈까요?

신앙이 깊은 사람과
희생하며 사는 사람은 모두
당신을 뵈었겠지요.

이러니 당신의 자비를 구할 밖에요.

미흡하고 얄팍한 수양에
깨우침 같은 짧은 전율을
당신의 뜻이라 일컫는 교만함에
우리가 취하지 않게 하소서.

제2부

창문 너머로

21세기 박타령

비박 친박 힘 겨루고
친박 진박 편 가르네.
어이없는 박타령에
국민들이 외면하니
이박 저박 다 모아도
갈 데 없는 쪽박일세.

촛불
– 어느 국어선생의 고사성어 탐구

바람이 불면
촛불은 꺼지기 마련이라 했는가
시간이 가면
민심은 바뀌기 마련이라 했는가

바람 앞에 등불밖에 모르는 이여

혹시 빈자일등貧者一燈은 들어보았는가
부처님 앞에 놓인
가장 작은 등불 하나가
모진 바람에도
꺼지지 않았다는 그 전설을

돈도 아닌
힘도 아닌
정성이 만든 작은 촛불은
어떤 바람에도
꺼지지 않을 거란 이 현실을

귀성歸省

네 좋고 내 좋아야 즐거운 한가위다.
마뜩잖고 서운하여 가슴 가득 불만이라
머나먼 귀성 길 위에 찬바람만 서성인다.

내 나이는

내 난 해가 57년임을
대한민국 정부가 보증한다.
그런데 누가
사실 내 나이는 하고
호적보다 많다고 선배라고
거들먹거리면
내 나이도 올라간다.

후배가
출생 신고를 탓하며
사실 내 나이는 하고
달라붙으면
내 나이도 올라간다.

그러다가
점잖은 후배를 만나면
사정없이 곤두박질친다.

정부가 보증하는 나이도
사실 계급장은 아니다.
54년은
이제 흔적조차 희미한
죽은 형의 나이고
59년은
어른스러운 내 동생의 나이다.

사실 내 나이는
형보다 약간 많고
동생보다 조금 어리다.

진리와 독선

진리를 소유할 수 있을까?
진리야 불변한다지만
누가 그를 안다 하겠는가.

진리라 외치는 구호는
몇십 년 먼지를 쓰고도
맹위를 떨치고
호주머니서 꺼낸 듯한 이념도
순정품이라 유세를 한다.

심지어 상표만 같은 사상도
짝퉁은 절대 아니라고 강변한다.

진리를 찾기 위해
신의 옷자락을 쥐어 본 적이 있는가
안타깝게
어둠 속에서
그의 정체를 더듬어 본 적이 있는가.

그러다
우연히 잡았다 생각한 진리조차
독선이 아닐까 두렵기만 한데.
우리에게 허락된 혜택은
단지 그를 찾으려는 고된 노력뿐이다.

거울

거울아 거울아
세상에서 누가 제일 예쁘니?
가장 간절하고
가장 감춰진 욕망
눈앞의 거울에
시간이 쌓일수록
우리에겐 슬픈 욕망만 남는다.

세상이 달라진 건가요
– 어느 선배 시인*에게

저항은 그 누구의 것도 아닌데
저항이 밥이 되고
저항이 권력이 됐다면
과연
세상이 달라진 건가요?

뜨거운 여름 낮의 한때
개가 뼈다귀를 물고 사라진 그늘엔
너댓 마리 오고 가고
달라진 게 있었는지도 몰라요.

하지만
저항을 잃은 사람이나
말수가 적어진 벗들의
그 허탈과 침묵은 또 저항이 아닐까요.

저항이 그 누구의 것이라면
더 이상 저항이 아닌 게 되는데

빛 잃은 그 저항은 없어도
저항을 되새겨야 하는 이가 있는데
과연
세상이 달라진 건가요.

* 정희성 님의 '세상이 달라졌다'를 읽고

옳은 일

가장 쉬운 일은
혼자 옳은 일을 하는 것

정말 힘든 일은
함께 옳은 일을 하는 것

나 혼자 옳자고
너를 힘들게 할까

네가 아직 힘든데
나는 과연 옳을까

그래서
못 다한 일이 있고
잘못한 일이 있어

빚으로 갚아야 한다면
그것만이 오롯이
내 몫일 따름

침묵하라

침묵하라
배우고 싶지 않은 이에게
가르치고 싶은 마음이 들거든

침묵하라
듣고 싶지 않은 이에게
변명하고 싶은 마음이 들거든

배우고 싶지 않은 이도
이미 너에게
많은 변명을 지녔을 것이다.

듣고 싶지 않은 이도
이미 너에게
많은 가르침을 품었을지 모른다.

그러니 다시 침묵하라
다른 이의 침묵이
네 가슴에 와 닿을 때까지

국화 앞에서

국화야 그게 네 잘못이겠니
이웃나라 왕실의 꽃이 된 게

누님같이 생겼다고
달콤하게 말해 주던 이도 가고
쓸쓸한 가을날에
서리마저 이겨낸 외로운 절개라고
한없이 치켜주던 이도 가고

네가 바라지도 않았던
수선스러운 말들을 치우고
그저 내 앞에 너를 바라보노니

그래
너는 늘 그렇게
우리 곁을 지키고 있었으니

이른 새벽에

이른 새벽에
눈이 떠지면
까만 밤을 닮고 싶다.

머리도 비우고
가슴도 비우고
까만 밤을 담고 싶다.

이른 새벽에
눈이 떠지면
걱정과 욕망을 먼저 재우고
까만 밤이 되고 싶다.

눈이 내리면

창밖에 조용히 눈이 내리면

눈 덮인 하얀 들판이
길고 좁은 둑길이
눈 속에 작은 집들이
동구에는 말 없이 늙은 느티나무
골목에는 껑충이는 강아지 발자국
마당엔 아이들 닮은 눈사람
창문엔 몸 속으로 스미는 따스함의 기억이
새하얀 입김과 발자국 소리와 나직한 헛기침이

조용히 내 가슴에 눈으로 내린다.

나잇살

무엇이
눈시울을 뜨겁게 하나

어떤 젊은이의 열정에
울컥해서 그렇고
추억 속의 어떤 일이
새삼 고마워서 그렇고
내 둘레를 싸고 도는
모든 게 좋아서 그렇고

역사의 고비마다
모두가 하나 되어
소리치던 사람들 모습에
목이 메어 그렇고

이 모든 게
내 안에 있어서
자꾸 눈시울이 뜨겁다.

빚 받으러 왔더냐

자식이 부모를 원망한다.
'누구는 금수저 물고 태어났는데
왜 나만 흙수저냐?' 고 묻는다.
속으로만 말하겠지만
부모님께
빚 받으러 왔더냐?

잘난 이가 소외된 이웃에게
봉사활동을 판매한다.
'도움을 주었는데
왜 고마워할 줄 모르느냐?' 고 노려본다.
고마워할 줄 알아야 한다고 훈계조차 하고 싶으니
가난한 이에게
빚 받으러 왔더냐?

남녀가 사랑을 거래한다.
'내 그리도 사랑했는데
너는 왜 사랑하지 않느냐?'

내 사랑을 준 것이 아까워
상대방에게
빚 받으러 왔더냐?

우리는 남의 존재를 볼 줄 모른다.
'내 좀 부자로 사는 게
뭐 그리 잘못된 것이냐.'고 목이 멘다.
내 불편함과 부족함이 아쉬워
남들을 생각할 줄 모르니
남들에게
빚 받으러 왔더냐?

즐겁게 산다는 것은

저녁 밥상을 놓고
아들은 등심을 먹으며
우울하단다
고대하던 약속이 깨져서

몇 푼 돈을 번다며
아내는 하염없이 뭔가를 꿰고 있다
숫자로 구멍 난 가슴을 메우려

울컥
방 안에 들어 자리에 누웠다
없는 듯 익숙해진 오랜 가구처럼

나는 왜 이리 모자랄까
머나먼 아들이
고달픈 아내가
가슴을 흔들어 시를 낳는 것은
내 빈 구석 때문이다.

즐겁게 살자며
미처 몰랐다 내 빈 가슴을
아들의 우울함과
아내의 허전함으로
가득 채워야 하는 줄을

신갑을관계

등록금 학원비에 용돈에 질책까지
아들딸 줄 수 있어 갑이라 믿었건만
아뿔싸, 내가 을이다 문서 없는 종살이

어제도 성당 가서 평화 인사 나눴는데
평화를 나누려면 원망부터 씻으라네.
얘들아 내 두 손 모아 평화 인사 나누마.

어머니 생전에

어머니 생전에
받은 것은 많고
드린 것은 없네.
어려서는
받는 줄만 알아서 못 드리고
젊을 때는
내 세상만 보여서 잊고 살아
내 아이가 커서 나를 깨우치니
어머니는 벌써
그 무엇도 받으실 줄을 모르셨다.
시간은 돌아오지 않고
이제는 못 뵙는 어머님께
드릴 것이라고는
들릴 길 없는 나의 서글픈 노래 뿐

두 겹 생일

80년대 끝자락
그것도 섣달에 결혼한 아내
큰애는 12월 초순에 낳고
둘째는 같은 달 30일
자기 생일에 낳았다

해마다 오는 게 생일이니
별거냐 싶다가도
결혼기념일에 생일까지
무심히 지나가기에는
만난 지 며칠에
무슨무슨 데이까지 챙기는 세상에
어찌 손해 보는 기분이 아닐까?

그대를 위해 내가 위로하리니
오늘 그대가 와서
우리가 되었고
둘째와 함께 해서

가족이 되었네
그대가 받은 것은 적더라도
세상에 만든 것을 바라보며
감사와 축하를 담아
함께 기뻐하고 싶다

엄마의 월요일

네 시 사십 분 큰아들 송도 간다
  일어나고
다섯 시 오십 분 작은아들 여의도 간다
  일어나고
여섯 시 반이면 짐만 되는 남편도 간다
  일어나고

흔한 점심 풍경

김밥 한 줄
우유 한 잔
늙은 포도 한 송이
자다 깬 남자 한 명

아내의 점심이 궁금한
메시지 한 통

미련

요놈의 디지털 피아노가 문제다.
이 방에 넣으니 이불 깔기 불편하고
저 방에 놓으니 드나들기 곤란하다.

한 때는 수시로 찾는 이가 함께 해서
애지중지 못 되어도 나름 대접 받았건만
나이 들어 멀어지니 고령사회 노인 신세

이참에 버리자니 언제 쓴다 반대하고
남이나 주자 하니 마땅한 이 못 찾겠다.
둘 데 없고 갈 데 없는 피아노가 문제다.

잔소리

난 부모님 말씀 잘 듣는 아들
가끔씩 안 듣는 건
그건 잔소리

잔소리까지야 따를 수 있나
그러자면 답답해 살 수 있나
누구나 안 듣는 게 당연하지 않나

잔소리는 왜 하시나
안 따를 줄 알면서.
왜 그러는지는 아시나
누굴 못된 아들 만들 일 있나

그냥 안 하시면
부모님도 좋고 나도 좋고
그런데 왜 자꾸 하시나

알고 보니 그게 그래

똑같은 소린데 이름이 달라
부모님은 쓴소리
아들한텐 잔소리
마주치면 쇳소리, 딴소리, 큰소리.
이러니 안 통할 수밖에

길에서 만난 노인

세월이 두 발을 엮어
앞서가는 마음을
잔걸음으로 총총
뒤쫓는 노인아
누가 그대 비닐가방에
빈 병이 가득한 무거운 삶을 안겼는가

교만한 자선에 시달려
내 한 손 거들고픈 마음도
의심하는 노인아.
누가 그대게서
살가운 이웃마저 앗아갔는가

선거철 벽보 속 얼굴들은 열 지어
저마다 무상 복지를 외치는데
그 앞을 한참처럼 지나는 노인아
누가 그대에게 걸어나와
자기 손수건으로 눈물을 닦아주겠는가

새벽 미사

마음의 평화를 구하러
새벽 미사를 가다가
밤샘 근무를 하고 온
옆집 김씨를 만나면
조금 쑥스럽다.

길에 나서
새벽부터 일터로 나가느라
바쁜 사람들을 보면
괜히 미안한 마음이 든다.

성당 앞 골목에서
폐지 줍는 할머니를 보면
이건 아니지 싶어
마음이 답답하다.

하느님
당신은 그들 곁에 계시나이까?

우리는
당신의 뜻대로 살고 있나이까?

하느님이 로또니

좋은 일이 생기면
제 기도가 먹혔다 희희낙락하고
나쁜 일이 생기면
하느님을 탓하며 불만 가득이라.

교회에 가서
기도를 하고 헌금을 내고
그리하여 하느님을 샀는데
꽝이 났으니 본전 생각이 나더냐

좋은 일도 나쁜 일도
모두 하느님의 뜻인 걸
작은 일에 일희일비하니

하느님이 무슨 로또니

가까이 사는 어떤 이가 그래요

가까이 사는 어떤 이가 그래요
일요일마다 성당엘 가도
마음이 늘 허전해요

그래서 내 말이
자습실에 꼬박이 다녀도
실력이 금방은 안 올라요

그이가 슬픈 표정으로 그래요
어느날은 이런 맘으로
성당을 다녀도 되나 싶어요

그래서 내 말이
실력이 바람만큼 안 오른다
자습실을 관둬도 되나요

그이가 외로운 마음으로 그래요
나는 왜 믿음이 강해지지 않을까요

그래서 내 말이
실력이 오른 다음에는
오늘이 소중했던 걸 알겠지요

가까이 사는 어떤 이에게 그래요
나도 외로운 마음으로
믿음을 키우려 성당에 나간답니다.

포도밭 일꾼

하느님!
포도밭 일꾼은
먼저 온 이나
나중 온 이나

같은 삯을 받았어요.

먼저 온 이는
어찌 달래시나요.

가나요, 하늘나라는
부르심 받은 순서로
일정한 시간을 채워서.

제 땀과 시간이 아까워
나중 온 이가 미우면
주인을 원망한다면

첫째가 꼴찌 되는 줄도
알았으면 좋겠어요.

먼저 온 이도
나중 온 이도
하늘나라에선 함께였으면 좋겠어요.

하느님 보시기에

TV를 보다가
불쌍한 이 보기가 불편해서
눈을 돌리고
막장 드라마의 소란이 싫어서
귀를 막았다.

혹시 관심 갖는 이가 있으면

능력도 안 되면서
싸구려 동정이라 몰았고
턱없는 거짓말에
시간만 버린다고 비웃었다.

TV 앞의 나도
불쌍하게 소원을 빌고
끝없이 못난 짓을 하는데

하느님이 나처럼 하시면 어쩌나!

_____ 제3부
돌아보며

궁정적인 수능*

수능이 일주일 연기되었습니다.
하필 우리가 시험 보는 해에 이러느냐고 억울해하다가도
한 해 두 번 본 사람*보다는 낫지 않느냐고 달래 봅니다.

백예순여덟 시간, 계획에 없던 초조와 긴장으로 메워야
하기에 짜증스럽다가도
언제 닥칠지 모르는 여진의 공포에 떠는 사람보다 낫지
않냐고 돌려 생각해 봅니다.

만팔십 분, 육십만 사천팔백 초가 덤처럼 남았음에 허탈
해하다가도
나만큼 힘들어할 친구와 가족이 함께 있지 않느냐고 생
각하면 마음이 뭉클해집니다.

* 함민복 님의 '궁정적인 밥'을 떠올리며
** 94학년도 수능을 보는 사람은 두 번 수능을 보았고 2018학년도 수능
을 보는 사람은 포항 지진으로 시험 직전에 수능 일자가 일주일 연기되었다

어둠 속에서

오직 한 가지만 생각하자
컴컴한 굴을 지나면
찬란한 빛이 있다고

오직 한 가지만 생각하자
아직 눈앞에 어둠이 있다면
잠시 기다림이 필요한 때라고

어둠엔 빛이 없다고 누가 말했는가
빛이 없으면 어찌 어둠이 있을까
어둠 속이라고 왜 빛을 못 느낄까

오직 한 가지만 생각하자
컴컴한 굴을 지나면
찬란한 빛이 있다고

수능 D-9

시험이 어려울까?
잘 봐야 하는데.
엎드린 가슴을 짓눌러 온다.

다음이 있다는 다짐도
인생의 전부가 아니라는 위로도
음소거 모드의 자막처럼
멀게만 느껴진다.

엎드린 몸을
동그랗게 움츠리고
매운바람에 흔들리며 생각한다.
가지 끝
툭
!
고치집

하지만

죽는 것 시험 봐서
등수로 순서를 정하나
어떻게 살았었냐고 물으면
시험 성적으로 대답하나

이제
두 팔을 벌려 기지개를 켜면
죽음 앞에 당당한 나비가
나를 만나러 올 것이다.

* 어떤 고비에도 용기를 잃지 않기를 바라며 수능 D-9일에 보냄

새해에 만날 날을 기다리며
- 예정일이 임박해서야 출산 휴가 들어간 윤ㅇㅇ 선생에게

자꾸자꾸 불러도 짜증낸 일 별로 없고
돌아보면 이일저일 숨 돌릴 틈 없어도
언제나 소리 없이 많은 일들 해치웠네.

이제 시간 되어 아기와 만나려니
이런 생각 저런 걱정 누가 아니 도울까
아기야 엄마 닮으니 무슨 근심 있으랴.

이별가

김 선생이 떠났다.

병든 모습 보이기 싫어
병문안도 사양하더니
위독하단 말을 듣고
돌아서자
부음訃音이 달려서 왔다.

신도시
대학병원의 영안실은
야트막한 언덕에 둘러싸여
막 피어난 장미와
짙어가는 녹음이
생기를 뿜어대는데

그대의 육신은 생기를 잃고
사진 속에
정지된 모습으로
남았구나.

지난겨울
그대를 괴롭히던 것들아!
봄인데
얼마간 숙여야지 않느냐?

허망한 내 원망의 소리는
새 소리에 묻혀 스러진다.

허전한
그대 곁을 떠나기 어려워
망설이는데
그대를 기억하는 아이들이
우르르 몰려와
눈물을 떨구는구나.

그래, 이제 우리가 떠나도
그대는 우리와 아이들의 기억 속에
지금처럼 함께 있겠지?

우리 동네 바보

우리 동네 바보
착한 반장 삼동이

남들보다 더 일하고
내 것 남 주는
우리 동네 바보
착한 반장 삼동이

욕심의 민낯을 드러낸 채
도와줄 줄 모르고 다리 잡는 이웃들
얕은 셈속밖에 몰라서
속으로 바보라 비웃는 사람들

공기가 없어 입만 뻐끔거릴 금붕어들아!
그가 없어도 네가
이웃을 두고 사람처럼 살았을까

늘 있을 줄만 알아서

고마운 줄 모르는

우리 동네 바보

착한 반장 삼동이

이임 인사

오늘부터
이 학교를 잊겠습니다.
그래도 남는 것이 있으면
좋은 것만 남기고
나쁜 것은 지우겠습니다.
그래서 우리가 다시 만나면
온전히 남은 것
늘 즐거운 기억으로
만나겠습니다.

고향이 멀리 있어
– 동반휴직으로 외국에 나간 이○○ 선생에게

고향이 멀리 있어 엄마 아빠 외로울까
아기가 어찌 알고 위로하러 왔을까
아가야, 너는 벌써 효도 한 번 했구나.

부모의 마음가짐 아이가 닮는다니
이 아이 착한 마음 어디서 왔으랴
오너라, 이 세상으로 엄마 아빠 반긴다.

중얼중얼

학교가 바뀌어서
환경이 달라져서
하루가 갈팡질팡
미래는 머뭇머뭇
마음은 안절부절
시간아 어서어서
다가올 하루하루
욕심아 훠이훠이
힘들어도 이 내 일
기다리마 내.일.아.

* 새 학교 개학대비직원회의 하는 날 새벽에

봄

봄이 오고
새 사람이 오고
새 일이 주어지고
새것이 부담스러운 나이가 되었다.

손쉽게
피하려
숨으려다가
문득 가림막이 없어
떠는 모습이 선하다.

내가
가림막이 되어야 하니
부담스러운 새것들에도
새삼
고마워해야 한다.

가림막 없이

숨으려다 놀라고
가림막이 되어
되려
새것에 고마워해야 하는데

이 봄은 아예 봄이 아니다.

전보 발령

봄은 아직 멀었는데
해를 넘기며
옮겨온 꽃들아
뽑혀온 나무들아

묵은 해만큼
많았던 실뿌리를 두고
낯선 불신의 땅과
차가운 공기 속에서
오늘은 너무 가혹하다

아는 이들도 익숙한 과거도
너의 품에서 모두 떠났으니
그리움이 넘칠수록
무너지는 한숨과 슬픔에
내일이 마냥 두렵다

누구나 언젠가

해를 넘어 옮겨 오고 뽑혀 왔을 터
오늘이 가혹하고
내일이 두려운 줄 모르랴

그리움을 안은 이여!
그리움을 아는 이여!
나라도 먼저 손을 뻗어
서로를 안아야 할 일이다.

후회

오늘도 내 앞에 불려온
젊은 날의 어느 시간

남을 부러운 눈으로 볼 줄은 알아도
내 이 못난 손발로 일할 줄은 몰라서
겉으론 태연한 척해도
가슴에는 늘 불길이 가득 타올랐다.

나를 패배시킨 질투는
관절마다에 남아
핀침처럼 꽂히고
사지를 마음대로 움직일
자유를 잃은 채
나는 생물실의 표본처럼 빳빳해져 갔다.

그리곤
세상은 필요할 때만
내 사지를 움직여

꼭두각시처럼
꼼지락거리게 하였다.

오늘에사 그 시간을 생각한다.
불길처럼 타오르던 질투를 움직여
빳빳해진 관절을 왜 움직이게 하지 못했을까?
부러운 남을 위해서가 아니라
내 못난 손발을 위해서 타올랐더라면
꼭두각시는 면했을 텐데.
세상이 뭐라 하든
나는 거기에 살아 있었을 텐데.

젊은 날

빛을 앗아 가고
손발을 묶어 놓고
가슴을 짓누른다.

끝이 보이지 않는 터널 속에서
안개처럼 스미는 어둠을
털어버리려
잊어버리려 애를 썼다.

언젠가
발작처럼 기침으로 뱉어내면
거뜬한 몸이 될 거라고
중얼거리다

어둠이
어느새
뼈가 되고 살이 되어 있음을 본다.
어둠이 부드럽게 빛나고 있음에 놀란다.

나에게 묻는다

내가 나에게 묻기를
무엇이 가장 못나서 부끄럽니?

잘난 줄만 알아서
자신의 무능을 못 견디는
교만함입니다.

자랑할 만한 것은
무엇이니?

그나마 내가 밉지 않은 것은
감추려는 했으나
무능함을 속이지 않았기 때문입니다.

이제 나에게 묻기를
무엇이 가장 못나서 부끄럽니?

교만함도 자랑도 내 몫인 걸
감사할 줄 몰라서 부끄럽습니다.

어느 초병의 새벽

스무 해 넘게
소중하리라 여겼던 것들이
한번에 무너져 내려
겨울 강 위의 물안개처럼 엉기고
뼈가 자라지 못한 마음은
총구 끝에서
와싹와싹 떨고 있었다.
무너져 내리는 것들을
두 손으로 떠받들었다가
슬그머니 손을 내려
그 무게를 잃어버리고는
당혹스럽고 부끄러워 어찌할 줄 몰랐다.
오직 안으로만 웅크려
아직 뼈가 자라지도 못해
지구 같은 무게를
어찌 감당할 수 있었으랴
그 아침에도 조금씩 자라고
그날에도 그게 무엇인지도 모른 채
막막함으로 쓰다듬어서

뼈는 조금씩
무른 살갗을 뚫고
아프게 자라고 있었다.

자화상

지난 60년
뿌리를 못 내리고
끝없이 떠돌았지.
드높은 구름을 쫓기도 하고
지식에 목말라 하기도 했어.
뿌리가 없으면
기다리던 꽃도
바라던 열매도 없는 법.
늘 세월의 호숫가 언저리로
잔 물결에 떠밀리곤 했었지.
그러다 아래를 보니
번듯한 뿌리 뿌듯한 열매는 없어도
떠도는 내 삶의 줄기에
수많은 수염뿌리가 늘 함께 있었어.
이제는
호숫가 언저리로 떠밀려도
숨 막히지 않아.
뿌듯한 열매가 없어도
아쉽지가 않아.

부초처럼 떠도는 이에게도
어울리는 뿌리가 있어
온몸으로 세월을 견딜 수 있으니까.
풀줄기나 풀잎으로도 아름다울 수 있으니까.

젊은 날의 초상

지하철을 탔더니
고개 숙인 내가 있었습니다
어리석고 못나서
그는 불쌍해 보입디다
왜 그리 불쌍할까요 그는
내릴 곳을 모를까요
나갈 때를 놓쳤나요
내게 손을 내밀어
모른다고 그래봐요
나와 눈을 맞추고
놓쳤다고 말해봐요
고개 숙인 그대의
닫힌 귀가 안타까워요
그럴수록 기차는 마냥 가는데.
그대 안에 그대는
누구만 바라보고 있나요
그대만 보는 나는
무엇을 기다려야 하나요
지하철을 탔더니

나를 보는 내가 있었습니다.
어리석고 못나서
나를 불쌍히 여깁디다.

우리 어매

눈이 오목
손이 앙상
누워 있는 우리 어매

어제 그제
웃음 가득
서 있었는데.

시골에

어머니가
머루빛 눈을 뜨고
말없이 침대에 누워 계시고

몸이 불편해도
나보다 어른스런 동생이 살고
고단한 제수씨와 조카들이 살고

처녀 적부터 씩씩하던 여동생이 살고
어느 저녁 땅거미 질 무렵
동생 옆에 그림같이 서있던 매부도 살고

친구 많고 놀기 좋아해
밖으로 돌던 우리 막내
가족과 헤어져 외살이
시골에 얹혀 살고

가끔 들러
어머니 침대 끝에 앉아서

옛날을 본다.

그런데 이제 여기에
내 자리는 없고
어릴 적 그리운 동생들은
옛날 그 자리에 묶여 있구나.

공정한 관찰자의 도덕 감정,
그리고 동감의 상상력

하희정

 신중(愼重)과 자혜(慈惠), 더덜이 없이 이 두 단어가 딱 들어맞을 듯한 덕성의 교육자 박정규 선생님이 이순(耳順)에 이르러 시집 『새로 여는 아침』을 상재(上梓)한다. 이렇듯 웅숭깊은 문학적 열정을 품고 있었다니! 펼쳐 들고 문학청년 못지아니한 탄력을 내장한 문장에 놀라는 사람이 나만은 아닐 듯하다. 『새로 여는 아침』을 접하고, 나는 가수 류기진을 자연스레 떠올렸다. 류 씨는 '그 사람 찾으러 간다' 라는 폴카(polka) 풍의 노래로 알려져 있는데, 1956년생으로 튼실한 중소기업의 대표이다. 그런 그가 지천명(知天命)이 넘긴 나이에 뜬금없이 가수로 데뷔하고, 마침내 성인가요 1위의 자리에까지 오르기도 했고, 요즘도 왕성하게 무대에 오른다.

"날마다 봄날인 줄 알았던 나, 언제나 청춘인 줄 알았던 나, 이제는 정리다 정리, 마음에 와닿는, 진실 하나 찾으러 갈 거다. (중략) 아직도 뜨거운 가슴이 있다. 눈물도 있고 정도 있다. 내 생의 마지막 정열, 그 사람 찾으러 간다." 이제 인생의 '봄날'은 지난 나이이지만, 아직도 '뜨거운 가슴'이 있어 '마음에 와닿는 진실 하나'를 찾으러 가겠다는 내용이다. 가요방송에 나가 이 노랫말을 해설한 적이 있고, 결코 때늦은 원(願)풀이라고만 치부할 수 없는 새 출발에 찬사를 보냈다. 그 찬사를 이제 『새로 여는 아침』에 온이로 옮겨 와야겠다. 적잖은 세월 동고동락했던 후배로서 선배의 강권에 못 이기는 척하며 평설을 쓰는 지금, 한낱 지식 도매상에 불과하지만 어쭙잖은 문장으로나마 이 아름다운 새 출발에 상찬(賞讚)을 아끼고 싶지 않다. 시인을 잘 아는 가족, 주변 지인들의 마음 또한 다르지 않을 것이다.

어느 누군들 그렇지 않겠는가? 신록과 녹음의 철이 지나면 가을이다. 그렇듯 이제 인생의 한 매듭을 지어야 할 시점에 이르렀다. 봄꽃보다 화려하게 산천을 수놓은 단풍이 지기 전에, 늘 가슴속 한편에 품고 있던 바람을 부족하면 부족한 대로 아쉬워도 아쉬운 대로 용기를 내어 펼쳐 보아도 좋지 않겠는가? 아무튼 한 인간의 첫사랑에서나 찾을 수 있을 법한 '순정(純情)'을 오롯이 담아낸 이 찰진 시집에 안성맞춤인 브랜드를 붙인다면 뭐가 가장 적절할까? 여러 날을 좌고우시하다가 떠올린 것이 애덤 스미스의 '도덕감정론'에서 접했던 개념인 '공정한 관찰자(impartial spectator)'이다. 본디 도덕철학의 개념이지만 교육자 박정규와 시집 『새로 여는 아침』에 걸쳐 대는 양각정(兩脚釘)으로 부족하지도 넘치지도 않는 개념이 아닌가 싶다.

범박하게 말해서 시를 문학예술의 한 하위 분야로 간주하는 현대의 주류적 관점에 따를 때, 시는 도덕적, 철학적 담론의 영역에 머물러서는 안 된다. 시는 정서적, 본능적 담론의 숲에 깃들어야 한다. 감정에 대한 이성의 우위가 도덕의 기본적 출발점이어야 한다는 관념과 짝을 이루면서, 이성에 대한 감정의 우위가 시문학의 기본적 출발점이어야 한다는 관념이 폭넓은 지지를 받고 있다. 전자에 따를 때 사회공동체가 도덕적으로 유지되고 그 결과로 정의롭고 행복한 삶을 영위하기 위해서는 비도덕적인 결과를 야기하는 감정과 욕망은 이성에 의해 통제되어야 마땅하다. 이를 윤리적 합리주의(倫理的 合理主義)라 한다. 이 관점에서는 중용(中庸)과 절제(節制)의 덕목이 중요하다. 충동, 욕구, 정념에 동요하지 않고 그것들과 일정한 거리를 두는 태도가 중요한 것이다. 그것을 통해 인간들의 무분별한 쾌락추구와 통제되지 않는 이기심으로 인한 사회적 대립과 충돌을 방지할 수 있다고 생각한다. 이러한 도덕의 세계와 문학예술의 세계는 본질적으로 차원이 다르다는 생각이 오늘날의 주된 조류임에 분명하다,

하지만 『새로 여는 아침』이 보여주는 시 세계는 사뭇 다르다. '충동(衝動), 욕구(慾求), 정념(情念)'이 시적 사유와

상상의 무게중심을 이루지 않는다. 그 반대로 그런 것들에 내둘리지 않는 '이성(理性), 원칙(原則), 양심(良心)'을 구심점으로 삼는 시적 사유와 상상이 일관성 있게 그리고 섬세하게 펼쳐진다. 즉 이 시집에서 보여주는 사유와 상상은 오늘날의 서정시가 흔히 보여주는 감정이입(感情移入)의 세계와는 다르다. 연민(憐憫)과 동정(同情)의 세계가 아니라 '동감(sympathy)'이라는 보편적인 도덕 감정의 세계를 보여준다. 이때 '동감'이란 관찰 대상자의 어떤 행동에 대해 제삼자가 느끼는 동료감정(fellow-feeling)을 지칭하며, 관찰자가 자신의 상상력을 동원하여 행위자가 직면한 상황과 처지에서 느끼는 감정과 판단을 공정하고 객관적으로 반추(反芻)하는 능력이다.

　　자꾸자꾸 불러도 짜증낸 일 별로 없고
　　돌아보면 이일저일 숨 돌릴 틈 없어도
　　언제나 소리 없이 많은 일들 해치웠네.

　　이제 시간 되어 아기와 만나려니
　　이런 생각 저런 걱정 누가 아니 도울까
　　아기야 엄마 닮으니 무슨 근심 있으랴.

- 「새해 만날 날을 기다리며」 전문

　　예정일이 임박해서야 출산 휴가에 들어간 동료 교사를 떠올리고 있는 위의 시는 시인이 추구하는 '동감'의 속내를 잘 보여준다. 주목해야 하는 것은 무엇보다 '공정한 관찰자' 의 눈이다. 사회관계 속에서 발생하는 행위 당사자의 본원적인 감정에 동감의 능력을 발휘하는 시적 화자에, 냉철한 이성과 자기 통제에 의거하여 균형 잡힌 시각을 견지하는 시적 화자에 주목해야 한다. 조금 비약하여 말하자면 바로 이 공정한 관찰자의 존재를 통해 개인적 도덕 원리가 사회적 도덕 원리로 고양되고 있음을 확인할 수 있다. 아울러 시인은 세대를 거듭하면서 축적될 양심의 진화, 도덕 감정의 진화에 대한 신뢰를 암시하고 있기도 하다. 따라서 이 시가 보여주는 도덕 감정을 두고 개인적인 호불호(好不好)의 감정에 기반을 둔 쾌불쾌(快不快)의 감정일 뿐이라고 말할 수 없다. 크고 작은 사익(私益)을 우선시하는 이기심을 제어할 수 있는 것은 역사와 관습을 통해 오랜 기간에 걸쳐 사회공동체에 착근한 도덕률이며, 각 개인이 가진 자기중심적 편향성의 한계를 극복하게 하는 동력은 인간의 내면에 존재하는 위대한 재판관, 즉 '양심(良心)' 이라는 사실을 공정한 관찰자의 눈으로 담담하게 성찰하고 있는 작품으로 읽히는 것이다. 이러한 공정한 관찰자의 눈은 "잘난이가 소외된 이웃에게 / 봉사활동을 판매한다. / '도움을 주었는데 / 왜 고마워할 줄 모르느냐' 고 노려본다. / 고마워할 줄 알아야 한다고 훈계조차 하고 싶으니 / 가난한 이에게 / 빚 받으러 왔더냐?"(「빚 받으러 왔더냐」 중에서)에서도 세상을 담아내는 훌륭한 렌즈 역할을 하고 있다.

그런데 궁금해지는 것은 타인의 행위와 관찰자의 관계에

서 성립하는 '동감의 원리'가 자기 스스로의 감정과 행위를 판단할 때에도 여전한가 하는 점이다. 거개의 경우 친숙성의 원리가 작동하여 자신이나 가족 등에게는 동감의 경향이 강한 반면, 타인이나 주변인에게는 동감의 경향이 약해지는 것이 보통이다. 그렇다. 동감에 일정한 편향성이 존재하는 것은 인지상정(人之常情)이다. 이러한 편향성을 지양하고 공정한 관찰자로서의 관점을 유지하려는 마음의 작용을 우리는 '양심(良心)'이라고 한다. 달리 말하면 스스로 다른 사람들로부터 '칭찬받을 수밖에 없는 자질'을 갖추고자 하는 숭고한 동기가 곧 '양심'이다. 이는 인간이라면 누구나 갖고 있는 그저 다른 사람들에게 칭찬 받고 싶은 욕망과는 차원이 다른 것이다.

남을 부러운 눈으로 볼 줄은 알아도
내 이 못난 손발로 일할 줄은 몰라서
겉으론 태연한 척해도
가슴에는 늘 불길이 가득 타올랐다.
(중략)
오늘에사 그 시간을 생각한다.
불길처럼 타오르던 질투를 움직여
빳빳해진 관절을 왜 움직이게 하지 못했을까?
부러운 남을 위해서가 아니라
내 못난 손발을 위해서 타올랐더라면
꼭두각시는 면했을 텐데.
세상이 뭐라 하든

나는 거기에 살아 있었을 텐데.

-「후회」 부분

'꼭두각시[郭禿]'가 무엇인가? 남아선호사상이 지배하는 유교 사회에서 조강지처(糟糠之妻)이지만 적자(嫡子)를 생산하지 못하고 출산력이 왕성한 첩(妾)과 갈등하는 처량한 노파를 이르는 말이 아니던가? 시인 스스로의 청장년 시절을 회억하고 있는 이 시에서 하필이면 이런 늙수그레한 극중 인물을 떠올렸을까? 모르긴 모르겠으되 아마도 그것은 관악산 기슭에서 보낸 시절과 관련이 깊을 것이다. 남명학파(南冥學派)의 고고한 기운이 서린 지리산 자락에서 태어나, 예로부터 의기(義氣)의 고장인 진주(晉州)에서 성장하고, 청운(靑雲)의 꿈을 펴려고 상경하여 청년시절 촉망받는 국어학도였던 시인, 그에게 관악산 기슭에서의 기억은 한마디로 뭐라 표현하기 어려웠을 것이다. 그렇지만 누구에게나 그러하듯 '가지 않은 길(The road not taken)'이 더욱더 아련하게 기억되지 않았겠는가? 또 그런 회억이 자아내는 서글픔에 공감하지 않는 이가 몇이나 되겠는가? 그 생(生)의 비애를 시인이 '꼭두각시'라는 극중 인물에 응축해 놓은 것임은 두말할 것도 없다. 항용 시간적인 거리감은 보기에 따라서는 비루한 기억일 수도 있는 과거마저도 아름답게 변용하는 법이지만, 누구에게나 그런 것도 늘 그런 것도 아니다.

그런데 이런 장면에서도 시인은 '공정한 관찰자'로서의

엄정함을 잃지 않으며, 바로 이 점에 이 시의 옹골진 매력이 있다. 즉 독자의 입장에서 단지 방사(倣似)한 경험을 공유하기 때문에, 그래서 감정이입이 용이하기 때문에 공감하는 것이 아니다. 이 시에 내재된 '도덕의 일반율'에 동감할 수 있어서 공감하는 것이며, 사사로운 감정의 영역에 머물지 않는 긴장감을 유지하고 있다는 데에 이 시의 힘이 있는 것이다. 인생에서 '꼭두각시'를 면(免)하려면 무엇보다 스스로의 '뻣뻣해진 관절'을 움직여야 한다는 것, 아니 그렇게 생각하는 것이 '양심적 인간'이라는 가치 판단의 준거틀, 즉 '도덕의 일반율'에 공감할 수 있게 하는 것이 이 시의 힘이다. 물론 객관적인 관점에서 시인의 삶을 두고 '꼭두각시'였을 뿐이라고 규정할 수는 없는데, 그것은 시인이 바로 이러한 양심의 소유자, 즉 숭고한 내면의 소유자이기 때문이다. 인생에 있어 성패를 가름하는 잣대는 그가 어느 길을 갔느냐의 차원이 아니라, 그 길이 어느 길이었든 어떤 마음가짐으로 갔느냐에 달려 있다는 평범한 진리를 여기서 환기하는 것은 새삼스러운 일일 것이고.

한편 오늘날 우리 서정시의 지형을 거칠게나마 조감해 보면 도덕 감정을 테마로 하는 시에 허여된 영역은 지극히 협소하다. 감정이입에 토대한 서정주의 경향, 부정정신에 토대한 모더니즘 경향, 공동체적 유대감에 토대한 진보주의 경향의 시가 대세를 이루고 있다. 도덕 감정을 테마로 하는 서정시는 그 틈에서 겨우 명맥을 유지하는 정도이다. 아마도 그것은 계몽적인 근대 초기의 시에 대한 반감 때문이기도 하고, 도덕 감정을 테마로 할 경우 어설픈 교훈주의 경향으로 전락할 가능성이 농후하기 때문이기도 할 것이다. 그렇다고 도덕 감정을 테마로 하는 서정시의 가치를 폄하(貶下)할 수는 없다. 외려 희소(稀少)하다는 것은 귀(貴)하다는 의미이기도 하기 때문이다.

하긴 도덕 감정을 테마로 하면서 수준 높은 문학적 성취를 이룬 서정시를 아직 연륜이 짧은 젊은 시인이나 감상주의(感傷主義)의 달콤함에 침윤된 문학소녀 취향의 시인에게 기대하기는 힘들다. 그것은 어느 정도 원숙한 나이의 시인에게서, 그러면서도 섣불리 값싼 인생론을 설파하는 데로 빠지지 않는 긴장감을 가진 시인에게서 기대할 만한 것이다. 이 점에서 도덕 감정과 동감의 상상력에 기반을 둔 박정규 시인의 시는 주목할 만한 값어치가 충분하다. 이제 인생을 알 만한 나이이기도 하거니와, 예순의 나이에도 불구하고 꽤나 건강한 시적 긴장감을 지니고 있기 때문이다. 이렇듯 어른스럽지만 시대에 뒤떨어진 교훈주의를 앞세우지 않는 시는 그리 흔하지 않으며, 우리 서정시의 다채로움을 위해서라도 시단(詩壇)의 한 영토를 넉넉히 내줘도 될 만한 충분한 매력이 있다, 그러니 여기에서 멈추지 않고 무르익었으되 고리삭지 않은 건강한 도덕 감정의 시, 그 소중한 영토를 개척해 갈 수 있기를 바라마지 않는다.

뿌리가 없으면
기다리던 꽃도

바라던 열매도 없는 법.
늘 세월의 호숫가 언저리로
잔물결에 떠밀리곤 했었지.
그러다 아래를 보니
번듯한 뿌리 뿌듯한 열매는 없어도
떠도는 내 삶의 줄기에
수많은 수염뿌리가 늘 함께 있었어.
이제는
호숫가 언저리로 떠밀려도
숨 막히지 않아.

- 「자화상」 부분

제목 그대로 시인이 자신의 삶을 통찰하고 있는 작품이다. 여기에서도 주옥(珠玉)같은 삶의 도덕률이 빛을 발하고 있다. 살짝 생뚱맞아 보이지만 나는 이 시를 읽으면서 '우생마사(牛生馬死)'라는 고사를 떠올렸다. 물을 거슬러 올라갈 정도로 헤엄을 잘 치는 것은 말[馬]이지만 궁극적으로 살아남는 것은 둔해 보이는 소[牛]라는 교훈을 전하는 고사이다. 인생이 그렇지 않은가? 떠밀려 살아온 인생처럼만 보일 수 있지만, 절대로 그렇지 않다는 것이 아니겠는가? 떠도는 내 삶의 줄기에 수많은 '수염뿌리'가 늘 함께 있었다고 말하는 이유가 거기에 있지 않겠는가?

그런데 시인은 이 시를 통해 어차피 인생이란 부평초(浮萍草)처럼 떠밀려 다니는 존재에 불과하다고 말하고 있는 것이 아니다. 그것은 흔한 유행가의 노랫말이 설파하는 값

싼 인생론, 맞는 말이긴 하지만 지극히 당연한 진리라서 귀 기울일 가치가 없는 인생론에 불과하다. 이와 달리 시인이 궁극적으로 말하고자 하는 것은 삶은 '견딤'이라는 것이다. 삶을 지탱하는 것은 갖은 유혹과 깊은 슬픔을 참고 견디는 것이며, 그것을 가능하게 한 것이 '수많은 수염뿌리'라는 것이다. 이를 달리 프리드리히 니체 식으로 말하자면 아모르파티(amor fati), 삶의 다양성을 인정하고 저마다의 운명을 사랑하는 것, 그것 외에 달리 방법이 없다는 것이 아니겠는가? 너나없이 인생길은 화사한 꽃길이기보다는 조붓한 서덜길이고, 때로는 돌부리에 치여 상처입고 때로는 힘에 겨워 허위허위 올라야 하지만, 도덕 감정의 진화와 양심의 진화를 신뢰하는 긍정의 힘으로 절제의 힘으로 견디고 또 견디고 운명처럼 그것을 사랑해야 함을 시인은 말하고 싶지 않았겠는가?

자의(自意) 반(半) 타의(他意) 반(半)이라고 했던가? 운명처럼 시인으로서 데뷔하는 셈이다. 기왕 강단에서 내려와 이제 시단이라는 새로운 무대에 올랐으니 왕성한 시작(詩作)을 기대해도 좋을 성싶다.

하희정 | 시대인재평가연구소장

시와정신시인선 27

새로 여는 아침

ⓒ박정규, 2019

초판 1쇄 | 2019년 8월 30일

지 은 이 | 박정규
펴 낸 곳 | **시와정신**
주   소 | (34445) 대전광역시 대덕구 대전로1019번길 28-7
           신창회관 2층
전   화 | (042) 320-7845
전   송 | 0507-713-7314
홈페이지 | www.siwajeongsin.com
전자우편 | siwajeongsin@hanmail.net
편   집 | 정우석 010_9613_1010
공 급 처 | (주)북센 (031) 955-6777

ISBN 979-11-89282-13-4   03810

값 9,000원